LETTRE

D'UN

GENTILHOMME

A M. ÉMILE AUGIER

Auteur du FILS DE GIBOYER

PAR

Joseph DE RAINNEVILLE

PARIS

LIBRAIRIE FRÉDÉRIC HENRY

PALAIS-ROYAL

12, GALERIE D'ORLÉANS, 12

1862

LETTRE

D'UN

GENTILHOMME

A M. ÉMILE AUGIER

Paris.—Imprimé chez Bonaventure et Ducessois,
55, quai des Grands-Augustins.

LETTRE

D'UN

GENTILHOMME

A M. ÉMILE AUGIER

Auteur du FILS DE GIBOYER

PAR

JOSEPH DE RAINNEVILLE

PARIS

LIBRAIRIE FRÉDÉRIC HENRY

PALAIS-ROYAL

2, GALERIE D'ORLÉANS, 12.

62

J'ai cru ouïr : « AVE CÆSAR, pour ton plaisir je
vais combattre; ma réputation y périra peut-être,
n'importe! MORITURI TE SALUTANT! »

décembre 1862.

Loin de moi la prétention d'élever contre vous une critique littéraire, monsieur l'académicien : la littérature, d'ailleurs, est pour trop peu dans votre pièce.

Je n'ai d'autre titre pour vous écrire que celui de simple spectateur. —Vous avez voulu vous moquer de mon parti religieux et politique, je me sens blessé : si votre comédie est mauvaise, je ne le dirai pas ; pour fausse et méchante, je l'assure.

Encore se serait-on mépris sur vos personnages; mais hélas ! faute de ressemblance, vous vous êtes senti obligé de signer vos intentions.—Assis donc tranquillement dans ma stalle, cherchant la moralité de votre pièce, prêt à vous applaudir peut-être, je me suis entendu jeter le haro.

Montrés au doigt, nommés, j'y trouve du moins ceci de bon que vous nous donnez l'occasion de nous affirmer devant le public.

Moi donc légitimiste et catholique, ce que vous appelleriez clérical, je vais vous dire l'impression que j'ai ressentie.

Ne vous figurez pas le cri de la victime sous votre noble et délicat scalpel, il n'est pas dans la plaie; ce sont vos seules intentions que j'attaque.

Si l'insulte était obscure, on la dédaignerait; mais vous êtes académicien, auteur en vogue et invité de Compiègne; vous avez pour vous le talent des acteurs de la première scène du monde, les bravos de la claque, et vous en abusez pour nous bafouer devant une salle comble de curieux, les uns passionnés jusqu'à applaudir, les autres montrant leur tact à se taire.

Vous manieriez le crayon, j'aurais compris votre genre d'étude; c'est une spécialité dans le dessin.

—Mais vous avez pris la plume.

Ce n'est point une arme égale pour le premier venu, que la plume contre vous, monsieur Augier ; n'importe ! je la saisis. La main peut se montrer inhabile, pourvu que le cœur brille.

Mais les conditions de la lutte sont-elles égales, pour qui que ce soit?—Quand ce n'eût pas été un devoir de justice de nous ménager sur le théâtre, c'eût été celui de la plus simple générosité. Frappés sur la scène politique, vous nous deviez le respect sur la scène comique.

Et c'est la maison de Molière que vous avez choisie pour nous *fouailler !*—Vous n'êtes pas le disciple du grand homme; autrement, vous vous seriez rappelé que c'était en pleine cour du roi Louis XIV que Molière se moquait des marquis, quand régnait l'hôtel Rambouillet qu'il raillait les précieuses. Sa gloire a été de tuer des ridicules triomphants ; votre acte a été de frapper sur des partis puissants, très-puissants il est vrai, mais vaincus. Lutte facile et par trop inégale, je vous le repète, pour être courtoise.

On raconte que le chevalier de Rohan fit rosser

Voltaire; trouvez-vous mieux que nous soyons rossés par vous et la troupe des comédiens ordinaires de Sa Majesté? car ce sont eux, monsieur, qui portent les coups que nous recevons. — Indigne de vous le triomphe;—indigne de nous le châtiment.

Avons-nous la liberté du théâtre pour vous répondre devant la foule, et les premiers acteurs du monde pour charger vos types? Si le cœur vous en disait, que ne descendiez-vous dans la lice: le prince Napoléon est un patron pour les gens qui pensent comme vous. Il compulse l'histoire et publie des fragments; il emploie l'art oratoire. Puisque vous avez des prétentions politiques et que vous êtes en faveur, faites-vous nommer député, vous trouverez là votre centre naturel.

Que diriez-vous, je vous le demande, que jugerait le jury, si quelqu'un se battait l'épée à la main contre un adversaire qui n'aurait qu'une dague? —Avons-nous la dague seulement? Le jury pour vous sera l'opinion; songez-y, tôt ou tard elle fait justice.

Oui, monsieur, un triste jour restera marqué dans votre carrière, et, si vous avez de la justice dans l'âme, vous vous repentirez vous-même.

Déjà du temps des premiers Césars, Tacite parlait *« de l'ancienne habitude qu'ont les sujets de flatter leur prince, quel qu'il soit. »* Mais la réputation survit à la faveur, et le monde juge et condamne avant Dieu même souvent.

Emporté par vos tendances, vous avez passé sur les considérations personnelles.

Abordons votre nouveau terrain.

Deux partis sont attaqués par vous nommément : celui des légitimistes et celui dont vous avez cherché le type dans une intrigante que vous faites assidue de Saint-Thomas, et dans ce petit jeune homme, élève d'un abbé, que vous appelez bien justement un sacristain, supposé encore qu'il en existe de tels, non dans le monde, mais dans les maîtrises.

Il y en a un troisième que vous ne dénommez pas, par pudeur de souvenir sans doute, et reconnaissance de la façon dont il vous accueillait au début de votre carrière, à l'apogée de la sienne,—celui des orléanistes. —Vous marquez assez par vos expressions, cependant, l'intention de donner à votre bour-

geois et à vos députés le cachet de la dernière
époque constitutionnelle.—En vérité, devrait-ce être
à moi de vous faire songer à rendre justice à ce ré-
gime déchu que vous calomniez, à moi de vous dire
qu'il a laissé des regrets? Parlant plus sérieusement,
vous auriez raison de faire déplorer à votre héros que
la carrière des prisons soit fermée.—J'en appelle à
tout ce qui écrit, imprime et édite.

Il est triste, en effet, d'être écrasé dans la lutte
ou d'être fait prisonnier dans le combat; mais qu'il
est plus désespérant, quand on a bon courage, de
voir manquer le fer, manquer la poudre!—Quand
l'Écriture vante Alexandre d'avoir fait taire la
terre en sa présence, est-ce l'éloge du conqué-
rant? Je ne sais; mais ce n'est certes pas celui
des nations.—L'avénement d'un homme si puissant
n'est pas l'ère des peuples libres. Spectacle na-
vrant de l'omnipotence du prince et de la faiblesse
des sujets!

Lorsque la raison est base d'une croyance et
qu'on suit avec cœur les convictions de l'intelligence,
je ne connais rien de plus respectable au monde.
C'est ainsi, monsieur, que, malgré vos rires et votre

satire, je me fais gloire de croire à Dieu, et à la justice plus qu'au succès.

Au reste, vous avez la bonté de nous mettre en bonne compagnie. En masse, sous le nom de légitimistes, ne le dites-vous pas vous-même? vous comprenez tous ceux qui ont une foi religieuse et politique. Le salon que vous présentez est l'*union de tous les régimes*; dites le mot, il représente la fusion sympathique de tous les hommes sages, expérimentés, intelligemment libéraux des anciens régimes. Tel semble à peu près M. Couturier (de la haute Sarthe), le seul de vos personnages politiques que je trouve acceptable.

Les choses en seraient-elles arrivées à ce point de faire sympathiser protestants avec catholiques et que tous les chrétiens fussent poussés à être légitimistes!

Cela est, dites-vous; garde à moi de le nier. Contre qui cela prouve-t-il? — Mais cela ne serait pas, y a-t-il besoin, croyez-vous, d'être catholique pour se rallier en politique devant certaines questions dont l'intérêt est évidemment aussi français que celui de notre pays dans l'affaire romaine?

Voilà les partis que vous détestez.—En vérité, vous auriez raison, s'ils étaient tels que vous les faites. Grâce à Dieu, pour notre honneur, ils sont autres.

L'égalité que vous prônez, nous la voulons aussi bien que vous. Pas de niveau pour abaisser, la récompense selon le mérite. Mais hélas! cette égalité, c'est la perfection à laquelle nous devons tendre, sans espérer de l'atteindre complétement. Celui qui sonde les reins et les cœurs peut seul récompenser dignement. La véritable égalité des œuvres, le triomphe de toute justice se fera devant le souverain juge. Le monde même se comprendrait-il sans cette responsabilité finale? Ici-bas n'y comptons pas. — C'est trop louer les hommes que de leur accorder, comme vous le faites, que, dans l'armée, la magistrature, même l'administration, en littérature aussi, sans doute, chacun soit digne de son poste. Vous êtes trop bon de croire que tout homme en place, ministres en tête, soient les plus grandes gens de la terre, les meilleurs et les plus intelligents. C'est aimable du moins pour certains, qui devront vous savoir gré de dire ainsi et de croire à cette perfection.

Je n'ai pas même prétention pour la noblesse.
Un sage a dit qu'elle était une lettre de change
tirée sur les aïeux ; s'il n'y est pas fait honneur, c'est
un parchemin protesté, un titre sans nulle valeur.
Ne lui en donnez pas, vous aurez raison.

« La noblesse est la préférence de l'honneur à l'intérêt », dit Vauvenargues. Quant à moi, gentilhomme
qui vous écris, je reconnais volontiers pour plus
noble que moi tout plébéien, quel qu'il soit, qui
se montre plus généreux, plus dévoué à la chose
publique.

Mais pourquoi nous enlever cette émulation du
passé ? Elle ne peut nuire à personne ; excitez plu-
tôt celle du présent. On estime, on estimera tou-
jours une famille respectable, noble ou roturière,
quoi qu'en dise à sa femme votre M. Maréchal.

Je ne vous pardonne pas l'erreur. Vous connais-
sez nos chefs ; vous avez l'insigne honneur de siéger
à côté d'eux. Faut-il nommer Berryer, Falloux,
Montalembert, Broglie, Dupanloup, le premier des
prélats de France par l'éloquence aussi bien que
par le caractère. A Rome, souvenez-vous, c'est ce
dernier qui, dans l'assemblée générale des évêques,

lui l'homme d'un autre temps, comme vous l'appelleriez sans doute, quand les autres se taisaient, se leva et porta le plus haut la fierté française.

Voilà, Monsieur, les grands guides de nos partis; pour tous, ne sont-ils pas des modèles, des chefs qui sont enviés?—Ils sont sous la tente, mais le monde dit que cela vaut mieux que de servir sans conviction.

Or maintenant, de quel front prendrez-vous place à leurs côtés? Je ne sais si, la curiosité refroidie, vous resteront les applaudissements, si les triomphants du jour vous payeront assez de louanges; mais je pense que, la première fois que vous rentrerez au palais Mazarin, vous ne chercherez pas la main de M. de Falloux, ni de M. Guizot, de M. de Montalembert, ni de M. de Broglie. Si Berryer vous regarde, Berryer, le génie si vénérable de la conviction politique, que les ouvriers de Paris bien inspirés le choisissent *pour relever leurs causes* [1]; oui, si Berryer vous regarde, vous baisserez les yeux. Et à la vue du fauteuil vide encore du P. La -

---

[1] Voir la *Lettre à l'Empereur* des ouvriers typographes, 17 novembre 1862.

cordaire, ce grand tribun de l'Église, vous rougirez
peut-être.

J'ai dit assez sur les partis que vous calomniez ;
abordons les personnages qui les représentent.

Mais d'abord un mot de l'intrigue : la vraie ma-
chine de la pièce est un discours donné et rendu ;
pas autre chose, n'est-ce pas ? — Sans vous blesser,
nous avons des représentants capables de faire de
la prose politique meilleure que celle de votre dernière comédie, et les grands orateurs ne nous
manquent pas.

Mais quand cela serait, je vous le demande !
Entre-t-on facilement à la Chambre, quand on est
des partis que vous attaquez? Certains trompent
l'espérance, mais de grands talents bien populaires
restent dehors. Dans de pareilles conditions, quoi
d'étonnant, je vous prie, quand il importe qu'une
grande opinion se fasse jour, qu'un comité livre un
manifeste? Loin de perdre d'autorité, l'avis délibéré
d'un conseil ne peut qu'ajouter de l'influence.

Quant à celui qui lit ou récite, c'est acte de
de vertu et de modestie. — Le vin du cru n'est pas
bon, on offre l'étranger.

Les *Hypocrites*, tel était, dit-on, le premier titre de votre pièce. Pourquoi l'avoir changé ? — C'étaient alors des types spéciaux, qui se rencontrent partout, dans votre parti, quel qu'il soit, comme dans le mien. Au lieu de cela, vous avez préféré généraliser sans doute, et vous attachez le grelot à toute la masse des anciens partis. J'ai vu défiler le troupeau de vos victimes, pas une ne levait la tête. Triste spectacle aussi !

Quoi ! pas un seul juste dans Sodome ; pas un seul ? Plus sévère que le bon Dieu qui sauva Loth, comme il avait sauvé Noé, heureusement pour nous ses descendants ! Après cela, osez jamais parler d'intolérance politique ou religieuse.

Votre salon, c'est une chambre modèle ; pas de discussion. *Cela jette un froid !* comme vous dites quelque part. Trop de chaleur d'un côté, aucune réplique de l'autre ; le procédé est sûr, vous faites la glace.

Pièce froide et triste, en effet.

Avez-vous craint de poser nos convictions, de nous montrer tels que nous sommes ? On le croirait ; car vous n'avez pas tenté, sur la scène, l'effet d'un honnête homme de notre parti.

Penseriez-vous qu'il n'en est point? Votre Fernande s'étonne que son père fût légitimiste, parce que, lui dit-elle, *il n'avait aucune raison de l'être.* Cela signifie-t-il qu'il n'existe aucun motif désintéressé d'avoir une conviction religieuse et politique telle que la nôtre? — L'intérêt, les traditions de famille seront tout. — Tout simple alors de nous bafouer; mais c'est faire trop peu de cas de notre intelligence et de nos sentiments.

Quand on cherche le combat, monsieur, ce qui est beau, c'est de choisir l'adversaire, et de s'at taquer au plus fort, au plus noble. Contre ceux de cette sorte, recommencez; il vous reste tout à prouver; contre les autres, vous n'avez pas de gloire à gagner.

Le *Monde* nouveau a remplacé l'*Univers* ancien. Battez ces guérillas; tant pis pour eux, s'il vont trop loin. Mais contre l'armée, contre les gros bataillons, contre les chefs, ne vous flattez pas d'avoir remporté victoire, ni même donné bataille; ils sont intacts de vos coups.—Tirez, messieurs. Seulement, la guerre régulière; respectez le droit des gens.

Chouannerie des salons! Ce n'est point ici le lieu de juger ces crises malheureuses de notre histoire, rien ne les rappelle. Le mot frappe l'oreille, mais tombe à faux dans l'esprit.

L'âme du comité est une grande dame « hypocrite raffinée autant qu'habile politique, capable de tout entreprendre et de tout cacher.» L'expression de ce caractère appartient à Cromwell; mais aucun de ses lecteurs, aucun de ses amis ne reconnaît madame Swetchine. Hélas! et dans tous les partis, les Égérie sont trop rares! Je m'en plaindrai même : une femme pour conseillère, avec sa délicatesse innée, eût arrêté votre plume, monsieur Augier.

Votre baronne est une madame Tartuffe, les dévots de cette sorte ne se reproduisent guère; Molière en a tué la race, et, s'il apparaît quelqu'un de ces odieux caractères, tout le monde est d'accord pour les flétrir.

Galanterie aux femmes! continuons l'appréciation de leurs portraits.—Madame Maréchal existe; je l'ai vue dans quelque pièce du Vaudeville, peut-être même au Gymnase.

M. le marquis est un vieux garçon, sans beaucoup d'originalité : une planche usée, comme on
dit en gravure.

M. le comte, oh ! celui-là, je m'y arrête.

Il n'a jamais mis le cul sur une selle, votre gentilhomme, et, du Comtat ni du fond de la Bretagne,
n'est jamais sortie pareille mine piteuse. Dans les
grands clubs, vous ne verrez rien d'approchant ; et,
s'il existait, ce vilain petit monsieur, pourquoi le
faire venir à Paris ?—Pour le marier, pour le lancer
dans les salons ?—Bah ! avec cette figure que vous
lui donnez, il n'en imposerait pas au portier de
Saint-Sulpice. Essayez, monsieur Augier..., en-
voyez votre sujet, je parie qu'on l'arrête à la porte.

La jeune fille serait charmante, si vous nous la
conserviez pudique ; mais, dès le premier acte, vous
nous faites déclarer qu'elle a perdu *la sainte igno-
rance du mal.* Ce n'est presque plus une vierge.
En vérité, de gaieté de cœur, vous noircissez vos
pastels.

Boyergi, c'est un misérable à la façon de ceux
de Victor Hugo. Depuis que les gens en vue font
des vilenies, ce qu'on a trop vu dernièrement, on

nous représente, en revanche, des va-nu-pieds, purs coquins, qui font des actes sublimes.

Quelle morale exprime-t-il ? *Qu'être sans père ne diminue pas la valeur d'un homme.* Non, certes, l'homme n'est pas responsable de sa naissance; mais cependant, je vous le demande, pourquoi s'indigne-t-il sur un tel ton que les parents hésitent à donner leur fille? Si l'opinion, même démocratique, ne sanctionnait pas la loi et la morale générale, où en serions-nous avec les passions de ce monde?

Sur la scène d'ailleurs, on aime les caractères plus entiers, tout un ou tout autre, qu'on peut saisir franchement, les caractères qui ne changent pas. —Il n'est pas heureux, pour relever la moralité de votre pièce, de prendre comme héros un coquin, homme d'esprit, qui sert les convictions des autres et livre sa plume à la faveur de ceux qui payent.

Retranchant tous les personnages plus ou moins faux, reste le vainqueur de la pièce, Maximilien. La vertu récompensée de la main de la beauté.— M. Prudhomme eût deviné ce dénoûment.

Mais ce qu'il n'eût pas prévu assurément, c'est ce hardi baiser qui conclut tout. Il est vrai que nous

étions prévenus, par la scène de la tasse de thé, d   ι.
caractère de votre petite jeune personne.

Veuillez cependant le remarquer, cette jeune fille a beau être *républicaine*, pour qu'elle reste intéressante, il faut la montrer bien élevée. Je ne vous souhaiterais pas d'en avoir une capable de faire la leçon à sa mère en plein public, comme celle-là.

Quant au style, je ferai l'observation qu'il y a des paroles qui révoltent la pureté de la langue. Vous ne reniez pas Pigault Lebrun votre aïeul, monsieur Augier ; quelquefois aussi, n'est-ce pas seulement de la verve gauloise, mais de la vraie grivoiserie. Je ne répéterai pas. Les rires grossiers ou les fins murmures font justice de ces sortes d'éclat. Vous avez retranché beaucoup, je vous rends cette justice.

Je citerai peu : la pièce n'a point encore paru imprimée ; cependant quelques traits m'ont frappé à la représentation.

Qu'est-ce qu'*une éducation sterling ?* On pourrait croire que le mot vient de l'anglais ; mais non, la signification ne se rapporte nullement. Il faut que cette expression tienne d'une langue particulière, dont le dictionnaire n'est formé par aucune académie. — *Avoir un colloque avec son traversin*; c'est du style d'*Orphée aux enfers*. — Je ne trouve pas grand sel à *lécher* deux fois *la boue.*

Enfin, ce fameux mot à effet : *Je me suis fait fumier pour nourrir un lis.* Fumier et lis, forte antithèse. Je réclame pour la France, les lis y ont si naturellement fleuri !—Ce type Giboyer, en général, n'est pas séduisant; indépendamment de ses idées, ce bohême manque trop de bon goût dans la conversation.

Bref, je suis tenté de dire comme Alceste :

> Hors qu'un commandement exprès du roi ne vienne
> De trouver bons les vers dont on se met en peine,
> Je soutiendrai toujours, morbleu! qu'ils sont mauvais,
> . . . .

Sommes-nous sous Louis XIV? Non.—Peut-on siffler davantage? Non.—Quand même, je soutiendrai mon avis.

Je termine par un seul mot, monsieur Augier : Puisque vous aviez la prétention de nous peindre, il fallait venir prendre vos modèles dans

nos salons, pas dans d'autres ; aussi bien qu'ailleurs, les portes y sont ouvertes au talent. Là,
vous auriez trouvé des baronnes spirituelles et
bonnes, simples et sans prétention ; des jeunes
filles charmantes, qui ont conservé la sainte igno-
rance du mal, d'anciens députés du temps dont
vous parlez, pleins de foi politique et de raison
pratique ; enfin, permettez-moi de vous le dire,
de jeunes gentilshommes de province tout autres
que votre comte d'Outreville, moins doucereux
peut-être, mais plus francs.

JOSEPH DE RAINNEVILLE.